Sibylle Delacroix

Pepo
y Dudú

ⒷBruño

EL ÚNICO QUE NUNCA
SE ENFADA CONMIGO ES…

... ¡DUDÚ!

DUDÚ ES MI PELUCHE Y VIENE
CONMIGO A TOOODAS PARTES.

TENGO MUCHÍSIMOS JUGUETES,
¡PERO DUDÚ ES MI FAVORITO!

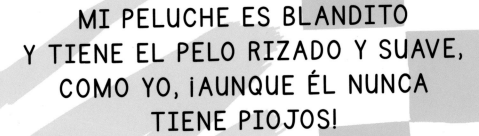

MI PELUCHE ES BLANDITO
Y TIENE EL PELO RIZADO Y SUAVE,
COMO YO, ¡AUNQUE ÉL NUNCA
TIENE PIOJOS!

A VECES MAMÁ
QUIERE LAVARLO
Y YO NO QUIERO
PORQUE HAY QUE ESPERAR
MUUUUCHO TIEMPO.

DESPUÉS, HAY QUE ESPERAR
MUCHO MÁS HASTA QUE SE SECA,
Y LUEGO HAY QUE ESPERAR MÁS AÚN
HASTA QUE VUELVE A OLER
COMO A MÍ ME GUSTA.

A DUDÚ Y A MÍ
NOS ENCANTA JUGAR
AL ESCONDITE.
ÉL SE ESCONDE
Y YO LO BUSCO.

A VECES SE ESCONDE
TAN BIEN QUE
NO LO ENCUENTRO.

CUANDO POR FIN APARECE,
NO PUEDO REGAÑARLO
PORQUE ME PONGO
CONTENTÍSIMO.

ALGUNAS VECES
SOY YO QUIEN LO ESCONDE…

PERO TOOODAS LAS NOCHES
DORMIMOS JUNTOS, ABRAZADOS
Y CALENTITOS BAJO LAS SÁBANAS.
¡TE QUIERO, DUDÚ!

Título original: *Cléo et le doudou*
© 2015, Bayard Éditions
Texto e ilustraciones: Sibylle Delacroix

© 2016, Grupo Editorial Bruño, S. L.
Juan Ignacio Luca de Tena, 15. 28027 Madrid
www.brunolibros.es

Traducción: Bárbara Fernández

ISBN: 978-84-696-0488-5
Depósito legal: M-30511-2015